石垣りん詩集

略歴

童話屋

「略歴」目次

装丁　島田光雄

石垣りん詩集　略歴

朝のパン

毎朝
太陽が地平線から顔を出すように
パンが
鉄板の上から顔を出します。
どちらにも
火が燃えています。
私のいのちの
燃える思いは
どこからせり上がってくるのでしょう。

いちにちのはじめにパンを
指先でちぎって口にはこぶ
大切な儀式を
「日常」と申します。
やがて
屋根という屋根の下から顔を出す
こんがりとあたたかいものは
にんげん
です。

洗たく物

私どもは身につけたものを
洗っては干し
洗っては干しました。
そして少しでも身ぎれいに暮らそうといたします。
ということは
どうしようもなくまわりを汚してしまう
生きているいのちの罪業《ざいごう》のようなものを
すすぎ、乾かし、折りたたんでは
取り出すことでした。

雨の晴れ間に
白いものがひるがえっています。
あれはおこないです。
ごく日常的なことです。
あの旗の下にニンゲンという国があります。
弱い小さい国です。

村

ほんとうのことをいうのは
いつもはずかしい。
伊豆の海辺に私の母はねむるが。
少女の日
村人の目を盗んで
母の墓を抱いた。

物心ついたとき
母はうごくことなくそこにいたから
母性というものが何であるか
おぼろげに感じとった。

墓地は村の賑わいより
もっとあやしく賑わっていたから
寺の庭の盆踊りに
あやうく背を向けて
ガイコツの踊りを見るところだった。

叔母がきて
すしが出来ている、というから
この世のつきあいに

私はさびしい人数の
さびしい家によばれて行った。
母はどこにもいなかった。

儀式

母親は
白い割烹着の紐をうしろで結び
板敷の台所におりて
流しの前に娘を連れてゆくがいい。

洗い桶に
木の香のする新しいまないたを渡し
鰹でも
鯛でも

鰈《かれい》でも
よい。
丸ごと一匹の姿をのせ
よく研いだ庖丁をしっかり握りしめて
力を手もとに集め
頭をブスリと落とすことから
教えなければならない。
その骨の手応えを
血のぬめりを
成長した女に伝えるのが母の役目だ。

パッケージされた肉の片々《へんぺん》を材料と呼び
料理は愛情です、
などとやさしく諭すまえに。

長い間
私たちがどうやって生きてきたか。
どうやってこれから生きてゆくか。

鬼籍

あれは妹が十八のとき
大人になるのがいやだといった。
私はいそいでお墓にかくした。

「もういいかい？」
「まあだ　だよ」

「もういいでしょう？」
「まだ　だめよ」

とうとう私は泣き出した。
妹もお墓で泣き寝入り。
あれから何年たったろう。

だれも知らないかくれんぼ。
私がいなくなるときは
妹を呼びに行く日です。

「もういいよったら
もういいよ」

きのうの顔

いちにち
伊豆の山を歩いた。
私の顔は陽にやけて
とても黒くなった。
いっしょに行った友だちは
ちっとも黒くならなかったのに。

山の中で見た
赤い花と
白い花を
思い出した。
あの日
私たちも咲いたのだ。

山に
黒い顔と
白い顔を
おいてきた。
ひっそりと
おいてきた。

伊豆の太陽が染めた
きのうの顔はしゃべらない。

遠くから
黙ってこちらを見ている。

新年の食卓

元日に
家族そろって顔を合わせ
おめでとう、と挨拶したら。

そこであなたは
どこからおいでになりましたか、と
尋ねあうのも良いことです。

ほんとうのことはだれも知らない
不思議なえにし
たとえ親と子の間柄でも
いのちの来歴は語りきれない。

そして取り囲む新年の食卓
これは島
手にした二本の箸の幅ほどに
暮しの道はのびるだろう
きょうから明日へと細く続くだろう。

このちいさな島に鉄道はない
飛行機も飛ばない

人間が〝食べる〟という歩調は
昔から変わらない。

わずかに平らなテーブルの上に
ことしの花を咲かせるために
喜びの羽音を聞くために
杯を上げよう。

では向き合って
もう一度おめでとう！

互いの背後には
新しい波がひたひたと寄せて来ている。

鏡

殿様のおほめにあずかった男が
褒美になんなり取らせる
といわれて
死んだ父《と》っさまに会わせてくれろと
申した。

もらったのが
鏡ひとつ。
男は約束通り

毎日部屋にかくれて鏡とり出し
少しばかり若返った父っさまに面会。
女房あやしみ盗み見れば
隠し女に面会。
ケンカ仲裁にはいった男は
坊主に面会。

アッハッハァと寄席で笑って
帰りしなに手洗いへ行けばカガミ
駅のゴミ箱にもカガミ
家に戻ってカガミ。

鏡の数ほどの思い違い
自分の顔を知っているという大間違い

右と左くらいの行き違い。

鏡は
殿様にもらうに限る。

笑い話を
うつすに限る。

海

深い海の底のほうから
現代の夢は
腐臭とともに揚がってきた。

漁業会社の手がはるかに
ニュージーランド沖までのびていたとしても
そのテの長さは
ことさら驚くほどのことでもなかった。

人間の足が
月に届いたのも先日のことである。

私たちは水平線のようなところで
ふた手にわかれ
わかる、という方向と
わからない、という方向に出発した。
上を下への大さわぎは
その時からはじまっている。
人生はいつもにぎやかである。

一隻の船が船底いっぱいの荷をかばって
怪獣ともクジラともつかない
鼻つまみのしかばねを手放してきた。

そろばん勘定では
三文の値打ちもないところに
永遠のナゾを解く黄金の鍵があったと
学者たちはくやしがったが。

大事なものを取り落とすという歴史は
まだ当分つづくのである。

夏の本

夏が
一冊の書物のように
厚みをおびてきた。

一年が
一枚の紙のように
薄くなってきた。

去年咲いたおしろい花が
同じ場所にことしも咲きそろっている

同じ色で。

時は過ぎ去ることなく
本のページを繰るのに似て
ただ重なる。

そうして物語は
終わりに近づくのであろうか。

私は背中のあたりに
大きな手のひらを感じる。
なぜなら
私の一日はいつも前のほうで
ふしぎに開かれていたから。

略歴

私は連隊のある町で生まれた。

兵営の門は固く
いつも剣付鉄砲を持った歩哨が立ち
番所には衛兵がずらりと並んで
はいってゆく者をあらためていた。
棟をつらねた兵舎
広い営庭。

私は金庫のある職場で働いた。
受付の女性は愛想よく客を迎え
案内することを仕事にしているが
戦後三十年
このごろは警備会社の制服を着た男たちが
兵士のように入口をかためている。
兵隊は戦争に行った。
私は銀行を定年退職した。
東京丸の内を歩いていると

ガードマンのいる門にぶつかる。
それが気がかりである。
私は宮城のある町で年をとった。

行く

木が
何年も
何十年も
立ちつづけているということに
驚嘆するまでに
私は四十年以上生きてきた。

草が
昼も夜も
その薄く細い葉で
立ちつづけているということに
目をみはるまでに
さらに何年ついやしたろう。

木は
木だから。
草は
草だから。
認識の出発点は
あのあたりだった。

そこから
すべてのこととすれ違ってきた。

自分の行く先が
見えそうなところまできて
私があわてて立ちどまると
風景に
早く行け、と
追い立てられた。

木

友だちを送りに
久しぶりであの火葬場に行った。
いまから四十年前
私の四歳の妹も同じ罐《かま》で焼かれた。
その時も
庭にあの木が立っていた。

木には目がついていないのだろうか。
それとも目をつむっているだけなのだろうか。

それなら目をさましたとき
びっくりするだろう。
とんだことをした
私は重大なことを見すごしてきたと。

古い木だなあ、と思った
こんど行ってみて。

いろんな人の死に
立ち会った木である。

このでくのぼうめ
お前は私のようだ
死の意味を知らずに突っ立っている。

木がつぶやいた
たぶん、ね
お前が運ばれてきたら目をあけるよ。

わたくしをそそぐ

ラッシュアワーを少しすぎた
朝の電車に陽が差し込んで
走る。
滝つ瀬となって多勢が降りたあと
ちょっとゆるやかな地点にさしかかった
流れのおだやかさで
その表情で
みんな腰かけている。
私も空いている席にかける。

右隣りの少女
通信教育のパンフレットを熱心に見ている。
そこには同じ年ごろの少女の顔写真がのっていて
「みなぎる自信」
と印刷してあった。

左隣りの青年の手もとをのぞき
あっ、と声をおさえる。
週刊誌みひらきのグラヴィヤ
体温のない情事
めくられた紙のスカート。

私はあとから来て
先に降りなければならなかった。

この風景の中を
どうしても通りすぎる運命にある。

少女と
青年が
岩石のゆるぎなさで位置するその場所から
立ち上がり
視線を飛沫のごとく両岸に散らすと
早足！

あの行かなければならない
へんてこな海
日本をことごとく取り巻く
カイシャ　へ。

定年

ある日
会社がいった。

「あしたからこなくていいよ」

人間は黙っていた。

人間には人間のことばしかなかったから。

会社の耳には
会社のことばしか通じなかったから。

人間はつぶやいた。
「そんなことといって！
もう四十年も働いて来たんですよ」

人間の耳は
会社のことばをよく聞き分けてきたから。
会社が次にいうことばを知っていたから。

「あきらめるしかないな」
人間はボソボソつぶやいた。

たしかに
はいった時から
相手は会社、だった。
人間なんていやしなかった。

白い猫

いまとなって
与えられたものを食うな。
いつも油断なく身構え
人の目をうかがい
そのスキをすばやくはかり
奪いとって食う。
お前は身を寄せてこない。

およそ愛らしさなど寸分も持ち合わさず
やせ細り
夜の露地裏で足をなめている。
背中は北アルプスのように尖っている。
月が背中にかかる。
生まれたときからのノラネコ
白い毛並みという毛並みを汚れるだけ汚し
人間をにくんで。
お前に手など藉すものか。
お前はうつくしい
うつくしいメスだ。

種子

そういうことは
もうこの辺で終わりにして。
まだ見きわめもつかない
自分の内面などという
私有に関する
もっともらしいことが
どの位くたぶれた衣裳であるか
脱ぎ捨ててみて。

一本の草のように
すっきり立ってみたいと。
風のはやさで
世界が吹きすぎて行くなら。
国家財産名誉格式
ごちゃごちゃしたひとかたまりの町を
遠く見おろす丘のあたりで。
どんなにさわやかにこの秋
枯れてゆけるかと。
手の中で明日への祈りを
どっさり握りしめている。

遥拝

いつか一度、
と思う。
前にさんざんやったことを
今やれないはずはない、と。

犬をけしかける要領で
魂をけしかけてみる。

道端でいいんだ
職場でいいんだ
どこにいても。
ひとつの場所、遠いひとりの人の方角に
ふかぶかと頭を下げてみる。

いちどやって見れば
事態はもう少し明瞭になるかも知れない。

町

いいかい
いっておくけれど
あっちへ行くのではない。
チンドンヤが
ベッタリおしろいを塗って
カネやタイコで人集めをしている
にぎやかで面白そうな広場。
欲しがるんじゃない
たくさんな広告と
少しばかりの景品。

あれはみんなむこうだけの都合
おひろめだけが商売。
なんという古い装束だろう。
海の近いこの町で
いま活気づいているのはあそこだけ。
心を明け渡したような顔をして
ついて行くんじゃない。
ああみんな行ってしまった
私も行ってしまった。

水槽

熱帯魚が死んだ。
白いちいさい腹をかえして
沈んでいった。

仲間はつと寄ってきて
口先でつついた。
表情ひとつ変えないで。

もう一匹が近づいてつつく。
長い時間をかけて
食う。

これは善だ、
これ以上に善があるなら……
魚は水面まで上がってきて、いった。
いってみろよ。

モン

二本の足で立つ。

門には
前と後がある。

そとに向かって
門は構えている。
ここから奥は住居
あるいは私の内面

たましいの領分
などと。

いいにくいことだけれど
モン、
お前のうしろには背中があるだけだ。

気の毒だけれど
モン、
お前には目鼻立ちがあるだけだ。
お前は入り口。
お前は出口。

夜、鍵をしめて見たところで
自身、失うものは何もない。

ほんとにいいにくいことだけれど
モン、
二本の足の間を
最初に間違いがくぐって行った。

それからだ
町が住みにくくなったのは。

へんなオルゴール

ところは銚子
ある年　海に近い国民宿舎で
歴程夏のセミナーが開かれた。
二日目遅れてかけつけた私が夕食を終えたころ
玄関ロビーに見知らぬ紳士の来訪あり
古本屋で買ったアナタの詩集『表札など』に
サインせよ　とはかたじけない。

そのとき本の間にはさんであったのも
捨てずにおきましたと。
捨てないばかりか
ひらいて見せた扉の上にぴったりはりつけてあった
一枚の名刺
丸山薫様　石垣りん
おお　帆・ランプ・鷗！
ここは夜の砂丘荘
どうしてうらんだり
かなしんだりいたしましょう。
売って下さったのですか　無理もないと
それゆえになお忘れ難くなった詩人よ。
いまも銚子の空の下で
ひとりの紳士が一冊の本をひらくと

丸山薫さま　石垣りんです
と明るいうたがひびき出す
それはたしかに私の声
私の耳にも届かぬのは
波がさらって行くからです。

追悼

今日より石原吉郎氏を記念して
アパートの浴槽を
足利湖と呼ぶ。

ヨシロウ湖でもよいが
最後の詩集名を
日常の片隅にとどめよう。

家庭
という原生林の奥
一日を登りつめたあたりに
その湖は光る。

いっとき沸騰したりするが
ガスだけで沸くものでもない
人間が生きているから
煮えたぎりもするのだ。
(浴槽には一箇所だけ
　足の立たない深さがある)

吉郎さんよ
苦労ばかりしてさ

その重たさで存在したような貴方は
最後に葡萄酒一杯かたむけ
天然の位置を定めにかかった。

齢六十二
晩秋の朝の出来事
少し白いものをいただく頭だけ出して
肩まで身を沈めると
山のように
君はもう動こうとしなかった。

ああ　そうさ
湖も　ひとも
もとの冷たさに還ってそのままさ。

湯船に映るのは
生死さかさの笑顔。
私は胸まで熱くして
遙かな山上湖を思うよ。

石原さんがいなくなって
はじめての春が来ようとしている。

神楽坂

いつか出版クラブの帰りみち
飯田橋駅へ向かって
ひとりで坂を下りてゆくと。
先を歩いていた山之口貘さんが
立ち止まった。
貘さんは
背中で私を見ていたらしい。

不思議にやさしい
大きな目の人が立ちはだかり
あのアタリに、と小路の奥を指さした。
「ヘンミユウキチが住んでいました」
ひとことというとあとの記憶が立ち消えだ。
私は「このアタリに」と指さしてみる。
山之口貘さんが立っていた、と。

まこちゃんが死んだ日

まこちゃんが　死んだ日
わたしは　ごはんたべた
まこちゃんが　死んだ日
わたしは　うちをでた
まこちゃんが　死んだ日
そらは　晴れていた

まこちゃんが　死んだ日
みんなで　あつまった

まこちゃんが　死んだ日
夜は　いつもの通り

まこちゃんが　死んだ日
では　さようなら

空をかついで

肩は
首の付け根から
なだらかにのびて。
肩は
地平線のように
つながって。
人はみんなで
空をかついで
きのうからきょうへと。

子どもよ
おまえのその肩に
おとなたちは
きょうからあしたを移しかえる。
この重たさを
この輝きと暗やみを
あまりにちいさいその肩に。
少しずつ
少しずつ。

大根

山本栄作さんというお人は
伊豆の山里に生まれ育ち
農業をなりわいとした。

細い端麗な面差しと
すわっていてもまっすぐに伸ばした背筋の
くずれることはなかった。

よく働き
静かに言葉少なに話した。
健康な九人の子に恵まれた。

年をとって恋女房に先だたれたあと
自身病気勝ちになっても
起きられれば
家のまわりの仕事に気を配っていた。

ある日
畑の土をせっせと掘り返し
大石をどけながら
長男の嫁にいったそうだ。

こうしておくと
いまに柔らかぁい大根ができる、と。

去年の夏
栄作さんは八十四歳で死んだ。

いまごろ
土ふところの中では
白い大根がみずみずしく育っているか。

旅

イラナイ
と、ひとこという。
イラナイだろうが
持っておいで。
田舎の祖母は
紫蘇のむすびをよこした。

イラナイといって
手に持たされるものは
むすびのひと包でよかった。

遊んで生きてゆける財産も
百人の肩車の上の椅子も。

ふるさとをあとにする日は
食うだけのものがあれば良かった。

では、

そういって発つ
地球に祖母ひとり残して。

着物

犬に着物をきせるのは
よいことではありません。
犬に着物をきせるのは
わるいことでもありません。
犬に着物をきせるのは
さしあたってコッケイです。

人間が着物をきることは
コッケイではありません。

古い習慣
古い歴史

人間が犬に着物をきせたとき
はじめて着物が見えてくる
着せきれない部分が見えてくる。
からだに合わせてこしらえた
合わせきれない獣のつじつま。

そのオカシサの首に鎖をつけて
気どりながら
引かれてゆくのは人間です。

池

中部山岳地帯の
トオクノヤマ村というところには
狐や狸の昔話が残っているが
今夜から明日に伝える
新しい話もある。

養鱒場の若い女房は
めっぽう美人で
夜が更けると亭主の目を盗んで
道ばたに飛び出してしまう。

ねえお兄さん
こっちへいらっしゃいよ。

通りかかった男は
からだをタモの柄のように突っ張らせて
夜の底に女の重みを感じる。
ホ、ホホウ
だからというて
俺が焼いて食うわけにもいかんで。

鱒の精は
分教場の新任の男先生の扉をたたく。
すると空気が波紋をひろげて
村中の者が

暗い暗い池をのぞいて息をのむ。
男も女もひどく口がかたい。
――ホントに、
　　育つのが楽しみだなァ

養鱒場のあるじは早寝で
二人の子供も夢の中で
夜の十時を過ぎたトオクノヤマ村で
目をとじているのは三人だけ。

あ、水の中で鱒がハネた。

ミサ曲

タオさんは
自分が弟のリョウジであると
確認した。
兄も姉も確認した。
そして泣いた。
はるかに尋ね当てたきょうだいは。
実は
元日本兵三木慮二さんではない。

ミンダナオ島生まれのタナオ・タオ氏だとわかると
とんだ茶番劇だ、などといわれた。
ニッポンのきょうだいたちよ
あれは茶番ではない。
強いていうなら二十八年目にきく荘厳ミサ曲である。
「私は神ではない」
といわれても
われらほんとうにまじめだった。

ケムリの道

服役者平沢貞通は
帝銀事件犯人として扱われてきた。
逮捕後二十六年
もしかしたら平沢氏は
ほんとうの犯人ではないのではないか、
という人々の思いが
ケムリのように世間に立ち昇った。

そのケムリのような道を
八十二歳の平沢氏は病篤く
担架に乗せられ
東北大附属病院まで送られて行った。
そしてまた宮城刑務所というところへかえされて行った。
ケムリのような道は町の大通りで
平常大ぜいの市民のかよう道である。
大通りというのは心細い道である。
両側に国家という家がたち並ぶ間で
いつ消えるかも知れないのである。

劇評

階級という言葉を
役柄という言葉に
置き替える。

まことに人生はドラマである。

役の付いた連中が
どんな風に見得を切るか。

その辺の花道に
どこからライトがあてられるか。

殿下、お出ましを！

舞台はヒノキで出来ている。
道路も空も装置である。

お婆さん、
駅のベンチで
泣き顔を精一杯ささえているのですよ。
そうです
そうやって両手をつかって。

「この国では口をきかない連中が
いちばんドラマにとけこんでいる」
昨日大新聞があなたをほめていた。
お婆さん
今日も泣くしかありません。

信用

けさは雨に打たれていた。
プラスチック製もりそば容器とつゆ碗。
丸の内のとある四ツ角
その鋪道に立っている一本のプラタナスは
空になった食器を根元に置いて
宮廷の門番以上に姿勢がいい。
そば屋が取りにきたら
挙手の礼をするかもしれない。

ビルディングの絶壁を背に
晴れさえすれば早朝から
しつらえられる二つの席。
前に立つ時
すべての者が自分の足もとに目を落とす貴賓席は
あいにくの雨で取り片付けられている。
戦後荒れ果てた東京駅前に
四十歳前後の婦人がふたり
膝をそろえて座った。
その日から二十余年
街には高層建築がふえた。
二人のうちの一人が靴を磨くかっこうのまま
すっかり背がこごんでしまった。
靴磨き料金が少しずつ上がってきた。

が、

それらは歴史の変動にあまりかかわりを持たないだろう。
重大なのはごく最近
そばやが出前をはじめたことだ。
財産といったらほうきと座ぶとん
木箱一杯の商売道具。
店をしまえば跡かたもない
そのあたり
このあたり
百人千人通りすぎる道ばたに
「置いといてくれればいいです」
と出前持ちにいわせた
老女たちの領域。
領域のひそかな繁栄。

口笛吹いてそばやは通うだろう
この客の前でそばやは卑屈にならないだろう。
仮にプラタナス国。
皇后の食器は今朝
雨に打たれハネをあげている。

情況

私は疑い深い
前は決してそうではなかった。
たとえば小学校の先生
父、母、祖国
聖戦だって信じていた。
疑い出すとキリがない。
　死んだはずだよ
　横井さん
　しがねえ兵士の
　ナサケが仇

いま出てこられては
かっこうのつかない機構がある。
思うお方にとても逢ってはもらえまい。
それでいいのだ。
役に立たない銃を返しに
二十八年目に生きてあらわれた
兵隊の死。
ホテルの報道陣地でドンと机をたたき
精神力はあった
武器がないから負けた！
とやってくれ。
大向うで誰が顔をそむけるか
歴史に残しておかねばならない。
目を輝かせて聞いていた日本中の戦争未亡人が

いそいそ立ち上がり
身づくろいをはじめたのはその時。
旅に出ましょう、
さびしい国をあとにして
ほんとの公報をさがしにゆくの。
(私は疑い深い
さあ　そこでウソの公報が
ホントにうそであればいいが)
女たちは大挙して
まんまと過去へ発って行った。

水

小学校の庭の片すみにプールがありました。
先生は泳ぐことを教えてくれました。
幼い仲間たちは互いに手を貸しました。
それはちいさな模型
足で歩くだけでは渡りきれない
暮しの山河をひかえて。

こわがるのではない、と先生がいいました。
ひとりが進んでゆく
せばめられた水路の両わきに
立ち並んだ胸壁はただ優しくせまり
差しのべられた手は
あたたかいアーチをつくって導く
それほど友情と庇護に満ちた日にも
少女はくぐりぬけるのが精いっぱいで
堅く身構えることしかできませんでした。

思い出します
はじめて水の冷たさを知ったときを。
どんなに教えられても
じょうずに泳ぐことのできなかった子は

苦い水をどっさり飲んで年をとりました。
くぐりぬけたさまざまなこと
試験、戦争、飢え、病気
どれひとつ足の立つ深さではなかったのを。

二十五メートルの壁に触れて背を起こすように
ようやくの思いで顔を上げれば
私の回りには日暮れだけが寄せていて
昔の友も
先生も
父母も
だれひとりおりませんでした。

小学校の庭の片すみにプールがあります。

別れ

伊豆松崎の港から船に乗った。
大ぜいの旅行者にまじって
赤ん坊を背負ったいとこがひとり私を送りにきていた。
客が乗り終わり船がともづなを解くと
別れがひとつだけ残されて
互いに見えなくなるまで手を振った。
ふるさとの町は民宿でにぎわい
波止場からは〝さようなら〟というせつない言葉が減った。

福島潟

初夏の干拓地に農民が田植えをした。
すると国側という側が実力行使に出て
稲作の水路を断った。
青くのびた二十五センチの苗が倒れるとき
静かな心が立ちあがる。
風にふるえながら立ちあがる。
そうだ、かつて民草と呼ばれた私たち
草ならば稲の仲間。

地平線

鏡の中で今日の顔が黒ずんでいる。
黒ずんで土の素肌を思わせる。
肌はなぜ事あるごとに土の色に近づこうとする？
陽に焼けるときも死ぬときも
心が立ちあがっているときも
手足が伸びざかりのときも。
私をつつむ薄い一枚の肌は
地平線につながろう、つながろうとしている。

夕鶴

それが
はじめの約束だった。

しあわせとか
愛とか
希望とかいったものを
与えるかわりに
けっして私を見てはならないと。

お前は見た。

お前の好奇
お前の欲
お前の乏しい智慧。

私はもう見られた姿のままで
お前の所にとどまることは出来ない。

さようなら

そういったのが
物語の鶴ならよかった。

地球が
人間から遠ざかってゆく。
ちいさく
ちいさく
なる。

風俗

このごろ
死体が靴を履き始めた。

高速道路だの
建築工事場だの
炭鉱の暗がりだのでは
なるほど
素足というわけにはゆくまい。

死んだら歩かなくてもいい。
行くところへ送り届ける。
というのは
この国の法律だった。

それを政府がまもらないので
土気色の顔をして
靴をはいた死人がフラフラたち上がる。
生者《せいじゃ》に混じってさまよう。

そのにぎわいを知っているから
ベッドで息を引きとった者まで
このごろ靴を履きたがる。

十三夜

いま私の住んでいる所が
東京都品川区
などといっても
まるきり通用しない老人を相手に
そうだ
コオロギが鳴いていました、
と語りかける。
露地裏といったところで
借家といったところで

どんなものかやはり忘れてしまっている
老人に
出てくるとき十三夜でした、
というとにっこり笑う。
素晴しく老けてしまった
百歳どころではない
人間の歴史をすっかり通りぬけてしまった
老人のそばで
みやげの二十世紀をむき
茶を入れながら
わかってもらえる話をしようと
膝をすすめる。

河口

足は歩いてきた道の長さに伸びる。
頭を高くして人が横たわるとき
世界は両岸まで近づいた。

血は流れる
やすむことなく。

目は届かない
川の行く先まで。

けれど私は感じる
はるかな河口。

私の姿の終わる場所。
そこですべてがたいらになる足裏のあたりに
海が来ている。

荷

荷を持つと
力が働いた。
「落ちるよ」

あぶない空の崖っぷちで
地球がひきとめる
思いやり。

だから重かった。
私たちにとって
いつも
愛は。

式のあとで

戦争で死んだ兵士の叙勲は
老母がおしいただいて受けとる。
成人したむすこの若い手が握りしめる。

式はそれで終わった。
戦争だって終わった。
二十年以上もたった。
式が終わるくらい簡単である。

現実はそう簡単ではない。
目をあけて死んだ兵士たちが
おくればせにドヤドヤやってきて
見える、という。
おお大日本帝国
みたような顔ばかりだ、という。

ご健在でしたか、閣下
自分らはここにおります。
せっかくですからここでお渡し願います。
それは女房子供に役立つ品ではありません。
ハイッ。

女

それでもまだ信じていた。
戦いが終わったあとも。
役所を
公団を
銀行を
私たちの国を。

あくどい家主でも
高利貸でも
詐欺師でも
ない。
おおやけ
というひとつの人格を。

「信じていました」
とひとことといって
立ちあがる。
もういいのです、
私がおろかだったのですから。

子守唄

いちにち
ひと晩
いちまいの闇をかぶって人は寝た。

ふつか
ふた晩
二枚の夜を重ねて人は夢みた。

十日
百晩
千枚の布団をかける眠りの深さ。

衿カバーをはずすと土がこぼれる
その朝まで。

おやすみ　にぎやかに
にぎやかに　おやすみ。

あとがき

二冊目の詩集『表札など』を出したのが一九六八年一二月だったので、ちょうど十年を過ぎたことになります。

その間に、少女のころ採用された職場を定年退職しております。長いとも短いともいえない不思議な歳月をかえりみるとき、ただ自分が生きるのに精一杯で、他者のしあわせに加担することなく、それればかりか反対の方に加担してきたのではないかと、あまりに遅く気付かされています。何に向かってか、ゆるしを乞わずにはいられません。

『表札など』の装幀を引き受けて下さった吉岡さんは、ふだん往き来もない私の願いをこの度も聞き入れて下さいました。大久保さんに詩集を出してもらう約束をした日からも八年は経っております。

私は夢中でした。夢中で働いてきたのか、夢中で怠けてきたのかわかりません。詩はその余のこと。その余のことがわずかに私を証明してくれているようでもあります。

この、手に乗るほどの証明書を差し出すことで、ご覧下さる方のこころの門を通していただけるでしょうか。

一九七九年四月　　石垣りん

初出一覧

朝のパン　一九七六年六月　『手づくりのパンとお菓子』（学習研究社刊）
洗たく物　一九七四年六月　「みや通信」
村　一九六九年八月　「花・現代詩」
儀式　一九七二年九月　「婦人之友」
鬼籍　一九七九年四月　「詩とメルヘン」
きのうの顔　一九七四年三月　「詩とメルヘン」
新年の食卓　一九七七年一月　「共同通信」
鏡　一九七七年六月　「アート・トップ」
海　一九七七年七月　「サンケイ新聞」
夏の本　一九七七年八月　「みや通信」

＊

略歴　一九七七年四月　「短歌」
行く　一九七八年二月　「現代詩手帖」
木　一九七七年六月　「ユリイカ」
わたくしをそそぐ　一九七二年一〇月　「ユリイカ」（原題「心血をそそぐ」）
定年　一九七六年一月　「民主文学」
白い猫　一九六九年七月　「歴程」
種子　一九六九年三月　「歴程」
遙拝　一九六九年六月　「歴程」
町　一九六九年四月　「歴程」
水槽　一九六九年七月　「歴程」
モン　一九六九年二・三月　「詩学」

＊

へんなオルゴール　一九七五年五月　「四季」
追悼　一九七八年四月　「詩学」
神楽坂　一九七六年九月　「歴程」

まこちゃんが死んだ日　一九七六年一〇月　「歴程」

＊

空をかついで　一九七七年四月　「幼年時代」
大根　一九七八年四月　「詩人会議」
旅　一九六九年六月　「歴程」
着物　一九七一年五月　「草月」
池　一九七七年一〇月　「歴程」
ミサ曲　一九七三年一〇月　「文學界」
ケムリの道　一九七五年二月　「ユリイカ」
劇評　一九七〇年四月　「歴程」
信用　一九七〇年七月　「都市」
情況　一九七二年六月　「新潮」
水　一九六九年八月　「朝日新聞」

＊

別れ　一九七一年一〇月　「文藝春秋」
福島潟　一九七六年八月　「文藝春秋」
地平線　一九六九年六月　「文藝春秋」
夕鶴　一九七〇年四月　「歴程」
風俗　一九七〇年四月　「詩学」
十三夜　一九六九年二月　「歴程」
河口　一九七〇年二月　「文藝」
荷　一九七〇年二月　「文藝」
式のあとで　一九七〇年二月　「文藝」
女　一九七〇年二月　「文藝」
子守唄　一九七〇年二月　「文藝」

付記

「略歴」は一九七九年花神社から発行されました。

今回、付記ひとつにも行き詰まっている私に、童話屋の田中和雄さんは電話の向こうから
「割り箸のような一行を書くといいです。」

復刻には「新しい箸を添えて」ということになるのでしょうか。

賞味期限が気がかりです。

二〇〇一年四月

石垣りん

略歴

二〇〇一年六月一二日初版発行

詩　石垣りん

発行者　田中和雄

発行所　株式会社　童話屋

〒168-0063　東京都杉並区和泉三―二五―一

電話〇三―五三七六―六一五〇

製版・印刷・製本　株式会社　精興社

NDC九一一・一六〇頁・A5

ISBN4-88747-018-5